한 끼의 시

한 끼의 시

이태순 시조집

Sijo Poems by Lee Tae Soon

동학사

마음의 북쪽,
그 그늘의 소리들이
내게 와 시가 되었다.
내 시가 되어 준
그들에게 바친다.

‐ 2020년 가을
　이태순

한 끼의 시
이태순 시조집

01

02

05

01

메꽃

서글픔과 그리움이 나뒹구는 마당에

언제부턴가 메꽃이 피기 시작했다

우리는 말 못 한 것을 생각하고 있었다

윤사월 모든 것이 삭아가고 있었다

반백이 된 우리는 거울 앞에 서 있었다

우리는 먼 별을 보며 저녁을 애기했다

만어사 萬魚寺

너덜겅 물고기 떼 거뭇한 물고기 떼

푸른 물을 버리고 지느러미 버리고

만 마리 저 만 마리가 미륵전에 닿았다

바람이 두드리나 도화刀火가 스쳤을까

저 만 마리 침묵도 부서지고 그을리고

아무나 들을 수 없는 검은 빛 돌의 울음

전설의 물고기 떼 돌이 된 물고기 떼

한 천년 더 지나면 지느러미 다시 돋아

퍼드덕 퍼덕거리며 먼 바다로 돌아갈까

북극성

길이 없을 것 같은 여기도 북쪽이다

백년이 지나갔을, 인기척이 그리운

다슬기 새까만 눈에 마애불이 들었다

물속에 비친 나는 산을 지고 가고 있다

북쪽의 그 바람이 무시로 흔들었다

그곳도 저물녘인가 북극성이 잘 보였다

배웅

철 지난 머플러를 야윈 목에 두르고

와병중인 그녀가 손 흔들며 배웅할 때

마지막 배웅이란 걸 눈치 채지 못했다

관자놀이 정맥이 꽃대처럼 도드라져

철 지난 꽃이나마 다시 필 줄 알았다

구구구 산비둘기가 늪골에서 울었다

소

약초 뿌리 냄새가 방안에 가득했다

두루마리 장서에 그려진 소를 보았다

어린 날 나의 마당엔 아픈 소가 있었다

혈을 찾아 짚어가며 장침 놓던 할아버지

소처럼 엎드리고 산 아픈 생이었다

그 아픈 생의 고삐를 난 아직 잡고 있다

늦가을 저녁

시래기를 목에 건 끝물 든 나무들이

마른 귀를 떨구었다 바닥에 귀가 닿았다

꽃들이 황달이 들고 부음이 날아왔다

닿고만 싶은 저 먼 구름 첩첩 암자에

이마를 짓찧으며 저물도록 엎드린 이

맨발이 너무 시려서 난 닿지 못 하겠네

구두

등불을 찾아다닌 허기 진 빈 배였다

벗어놓은 동굴이 축축하고 검고 깊다

조인 끈 풀어주던 봄

봄날의 강이 있다

어디서 밟았을까 꽃잎이 말라붙은

껍질은 껍질끼리 허물을 덮어가며

슬픔을 껴안아준다

빈 배 한 척, 빈 배 두 척

빈집

술도가를 지나야 그곳으로 갈 수 있다

고향은 늘 저녁이다
불빛도 희미하다

바람에 앞섶 풀리는 강물의 젖비린내

봉당까지 풀이 자란
꿈속이 더 슬프다

캄캄한 부엌에서
나보다 먼저 오신 어머니

아궁이 군불 지피는 어머니가 계시다

연어

-어느 입양인의 쓸쓸한 죽음

국밥을 한 술 뜨다 서둘러 짐을 지고

입동 무렵 강에 닿은 짐꾼의 뒷모습은

살점이 뜯겨져 버린 핏물 밴 비린 연어

뒤집을 듯 흐르는 시퍼런 물이 차다

그리운, 이 허기는 고요한 물의 냄새

첨버덩 등짐을 푼다 날아드는 새떼들

살구나무 유월은

살구를 주워 먹는 뒷마당이 좋았다

수더분한 살구나무 종부처럼 품이 넓어

어미 소 나무 밑에서 송아지를 낳았다

팔려간 송아지가 몇 십리를 되돌아와

어미젖에 매달려 버둥거리다 끌려가는

울음이 툭 떨어지는 살구나무 그 그늘

쌀은 있나

쌀은 있나,
쌀 받은 지 얼마 되지 않았는데

전화 통화 할 때마다 아버지는 물으셨다

흘리듯 쌀이 있다고
무심하게 대답했다

쌀은 있나,
까맣게 잊어버린 그 말을

전화 통화 할 때마다 아이에게 물었다

가슴속 한 바가지 퍼
물었다
쌀은 있나

동백

시집가는 막내고모 미장원에서 단장할 때
칠흑빛 긴 머리가 뭉텅뭉텅 떨어졌다
주워서 꼬옥 품었다 일곱 살이 울먹였다

진초록 저고리의 치맛자락 붉은 신부
한 순간 뚝뚝 졌다 치맛자락 붉은 꽃이

그리고
잊어버렸다
일곱 살 나의 신부新婦

02

외가

우물에서 퍼 올린 한 두레박 그리움은

징소리 북소리 허공의 그 초가을

나룻배 지나쳐가네 물이 깊은 저 하현

물이 첩첩 에워싼 꽃이 첩첩 에워싼

아이 업은 여자가 까마득 가닿았을

은 순간 반짝거리는 그 여자 생가生家, 하현

한 끼의 시

시래기국 냄새와 젖은 시가 날아왔다

밥 먹으러 가는데 유리창에 아버지가 보여

놀라서 다시 보니까 누야 그게 나였어

시래기국 펄펄 끓는 시가 또 날아왔다

끼니 잘 챙기고 다니나 궁금해서

멀찍이 숨어 보시나 봐 아버지가, 누야 그쟈

울진

분천역에 내리면 마중을 꼭 온다는

비린내가 몸에 밴 그녀가 보고 싶다

걸쭉한 입담 뒤끝엔
바다가 참 예쁘다는

복사꽃 필 때마다 첫사랑 꿈 꿨다는

울진 사는 그녀의 비린내가 오고 있다

분천역 아직 안 왔나
바다가 참 예쁜데

비늘 툭 떨어지는 한 줌의 파도를 쥔

희끗해진 그녀의 바다가 퍼덕인다

아직도 바람이 부나
어디쯤 오고 있나

그는 묻고 있습니다

횡단보도 한가운데 멈춰 선 마흔여섯

어깨 걸친 가방은 떠도는 섬 한호규[*]

어디로 가야하나요 그는 묻고 있습니다

신호등이 바뀌기 전 난 또 비켜서야 해요

우린 모두 경계에 서 있는 것 같아요

내 이름 몬테 하인즈 내 집은 어딘가요

* 1978년 미국에 입양됐다가 시민권이 없어 2009년 한국으로 추방된 한호규 (미국명 몬테 하인즈), 서울 이태원 횡단보도 위에 서 있는 그의 사진이 2017년 7월 17일 자 중앙일보 10면에 실렸다.

찔레꽃

북쪽에서 더 북쪽
강물이 풀리고

섭섭했던 사람이
부옇게 오고 있다

그곳은 늘 캄캄한 밤
꽃 전등을 켜야 하는

꿈인지 생시인지
찔레꽃이 만발했다

가시에 찔려가며
밥 한 술을 나누고

상처에 밥풀을 얹고
부옇게 가는 사람

마감뉴스

낙서와 무단 방뇨 시든 꽃이 버려진

쓰레기통 옆에서 갓난아기가 발견되고

첫눈이 곧 내린다는 마감뉴스가 나왔다

어미 소가 새끼 낳다 새끼가 오줌통에 빠져

그 어미 소 제 오줌을 다 마시고 있더란

복사골 마을 뉴스는 봄마다 피고 있다

나무목탁

성탄절 저 눈발은 어디로 가는 순례일까
풍뎅이만 한 목탁을 길바닥에 몇 점 놓고
먼 나라 얼음판 길목 떠도는 떠도는 이

몇 닢을 건네주고 내 손에 쥔 나무목탁
나무목탁 구멍 속엔 벼랑 두른 설산 첩첩
그 설산 오르고 넘는 언 볼을 감싼 소녀

리케역 구석 입구 아이들 품어 안은
얇은 담요 두르고 떠도는 난민가족
먼 나라 빌린 방에서 잠 못 들고 지새는 나

무명초

중년이 된 고종사촌
한 자리 모여앉아

나에겐 울 어매인
외숙모가 그립다네

노래 참 잘 불렀다며
그런 사람 없다며

젓가락 두드려가며
취하도록 부르던

그날 처음 알았네
무명초, 그 노래가

울 어매 십팔번인 걸
난 한 번도 듣지 못한

고모

묵은 된장 싸들고 강 건너까지 쫓아와

"맛은 별로 없다만 니가 참 잘 먹길래"

물소리 다 빠져나간 샛강처럼 목이 멨다

갈대밭을 지나다 가만 돌아보았다

잿빛 목도리 두르고 아득히 멀어지는

고모가 합장合掌을 한다 어느 암자 보살 같이
.

괴산

말 못하는 누이가 밥을 짓고 물을 긷는

벌레들의 울음을 연잎 위에 올리는

바람에 달강거리는 연밥의 말을 듣는

산문山門까지 따라 나와 사과를 담아주던

누이 없는 절집이 참매미 껍질 같은

누이가 탁발 나가는 아흐레 달 저 먼 달

시인 K

여행지 낯선 방에 앓아 누워있었다
잠이 잠깐 들었을 때 꿈속에 그가 왔다
이마를 짚어주면서 아프지 마라했다

플라타너스 잎이 누렇게 뜬 어느 가을
승진을 했다고 저녁밥을 사주며
붕어빵 몇 천어치를 안겨주던 시인 K

오페라의 유령이 공연되는 허 마제스티 극장
그 극장 앞에서 아프지 마라했다
몇 해 전 죽은 시인 K, 그도 여행 중인가보다

까마득하다

까마득한 가을,
비 내리는 그 가을
받쳐 든 우산 하나가
가장 좋은
집이라며
동그란 그 속에 들어
올망졸망 웃었던 곳

전화국이 있던 그 자리
까마득한 곳 전화를 건다

말로 층층 지은 집들
어디 지어놓았나요

나 여기
와 서 있어요
너무 까마득한가요

03

_____

느티나무 언니

느티나무 그 아래 아주 오래 살아서

그늘 많은 사람의 그늘을 덮어주며

손이 큰,
자그마한 언니
국밥을 퍼 날랐다

시래기 잘 마른다고 생이 참 가볍다고

구부러진 가지마다 잎 다 지는 저물녘

언니야!
국밥 말아줘
칭얼대는 저 소리

달걀

당숙 집 둥우리에 든 달걀을 꺼냈다

남몰래 꼭 쥐었다 가슴이 막 뛰었다

복사꽃 뒤덮은 한낮 얼굴이 발개졌다

주머니에 손을 넣고 마을 몇 바퀴 돌았다

다 식은 주머니 속 달걀이 무거워졌다

암탉이 쫓아와 쪼는 꿈을 꾼 날이었다

뒤편의 그늘

뒤편이 익숙한 채 사과나무 늙어갔다

사람이 지나가고
와삭 밟힌 뒤편,

오그린 장수풍뎅이 발 하나 뭉개졌다

그늘에 눌려 살아도 다치지 않던 그들

상처가 많아졌다

새살이 돋을 무렵

사람들 다시 돌아와 사과 가득 담아갔다

미산

넌지시 마음 둔 곳
함박눈이 오나보다

가본 적 없는
미산,
우체국이 있나보다

또 한 줌 톱밥을 넣나
모과 빛 연기 냄새

편지를 쓰나보다
저물도록
내리는
눈

벙글은 그대 말이
따스해서 자꾸 녹나

만개한 천 리 만 리 길
미산이 있나보다

별똥

할머니 세워놓고
밤똥을 누는 아이

휘이익 떨어지는
별똥은
누가 누지?

일곱 살
너 만한 별이
쪼그리고 앉아 누지

살구골

살구골 사는 아이 그 아이가 생각나

외딴집을 그리고 큰 나무를 그렸다

햇살이 반짝거리자 살구꽃이 피었다

살구나무 가지마다 새들이 앉아있다

휘어진 꽃그늘이 지붕을 덮어줬다

입김을 후후 불었다 굴뚝에 연기가 난다

몽생미셸

그때 너무 지쳐서 가다가 주저앉아
그녀에게 등 돌리고 그녀를 원망하며
엎드려 울어버린 곳
베르사유 그 카페

짐짝처럼 짐이 되어
먹구름 빛 되었을 때
그 짐 끌고 감싸 안던
나를 닮은 저 여자

다시 봄
이제 안 아프지?
엄마,
가자
몽생미셸

정거장에서

정신 온전치 못한 서른 둘 된 아들을

병원에 맡겨두고 몇 정거장도 못 와서

여자는 풀썩 내렸다 땅거미를 두르고

아이고 못 가겠어요 떼놓고 왔더니

그곳이 불안했는지 아들이 기절했다네요

아들을 저리 떼놓고 집에 가서 잠 못 잔다며

난생 첨 본 그 여자가 날 보고 울먹일 때

난 손을 꼭 잡아준 것과 위로의 말 몇 마디

여자가 안 보일 때까지 배웅이 전부였다

우뭇가사리의 시

변두리 외곽에도 문을 연 인력시장
실핏줄 툭 터지며 잠 설친 눈빛들이
서로를 토닥거리며 일거리를 찾는다

사는 것이 죄라며 밑바닥을 배회하다
약봉지를 넣어둔 달방을 들고 나며
음지를 견디어내는 뒤편의 저 뒤편들

중환자실 지키는 보호자 대기실엔
순간의 희망 한 줌 호명을 기다리고
흰 옷의 붉은 눈빛이 절망을 오려낸다

옛일

큰고모가 두고 온 그 딸이 찾아왔다

뒤란 구석진 곳에 둘이 앉아있었다

토란잎 큰 잎사귀에 두 얼굴이 가려졌다

뒷문 문틈 사이로 엿보던 그때 뒤란

큰고모가 들고 온 간고등어 한 손이

짜디 짠 피멍이 들어 포개져 있었다

개살구나무

개살구나무 아래 수줍어하던 소년이, 느닷없이 휴게소
에 비처럼 지나간다. 우르르 쾅쾅쾅 번쩍 폭우가 쏟아졌다

빗물 젖어 번지는 개살구의 여린 풋내, 앞에 놓인 라면
이 꼬불꼬불 옛길 같아, 후루룩 다 비웠지만 사라진 개살구
나무

04

씀바귀

소태 씹은 것 같은

그런 날

그 땝은 날

그냥 꿀꺽 삼켰지

태생이 흙인지라

목구멍
비집고 피는
씀바귀 꽃 지천이라

체리 먹는 여자아이

땡볕을 피해가며 전봇대에 기대앉아
초점 없는 눈으로 체리 먹는 여자아이
여행객 지날 때마다 체리 물 든 손 내민다

핏물 같은 웃음을 야릇하게 피우다가
지쳐버린 빈손으로 손 그늘을 만들며
폐허의 모서리마냥 제 빛깔을 잃어가는

종탑의 종소리가 묘지 위에 짙푸르다
회색 벽에 총알 자국 아직 아픈 모스타르
구름을 뜯어 싸맬까 진물 나는 저 상처들

먼 마을의 저녁

흰 구름 떠다니는 소리가 다 들리는

땔감이 쌓여있는 인적 드문 마을에서

사나흘 더 머문다면 하루 더 머문다면

다시 오기 힘든 이곳 이별을 생각하며

피다가 말라버린 꽃들이 툭 지는 걸

가만히 들을 일이다 저무는 그 소리를

손때 묻은 연장들이 바람에 삭아가는

굴참나무 헛간에 달빛이 가득하다

헛기침 소리 들리는 저 빈 껍질 생의 헛간

버들개 아랫버들개

윗버들개 아랫버들개 한 뼘 두 뼘 재다가
느꺼운 멀미가 나 나무에 기대거나
꽃들이 피고 질 때는 덩달아 피고 졌다

여기 꽃이 흐드러져 먼 곳 문도 보인다는
백 세 넘은 어른의 노랫가락 한 소절
그 둘레 몇 뼘을 재며 먼발치서 좋았다

굴삭기가 배밭을 짓밟는 꿈을 꾼 뒤
땅따먹기 자주하던 마을이 뭉개지고
버들개 아랫버들개 봄은 오지 않았다

한계령에서 듣다

벼랑으로 내몰려 끄트머리 몰려있는

눈앞이 캄캄해 발목 푹푹 빠지는

모서리 사람들 있다 자고 나면 잊혀지는

인생 절반 앓다가 요양원 전전하다

명이 오빠 주검이 며칠 지나 발견된

서글픈 그 먼 기별을 한계령에서 들으며

조문하지 못한 그들 늦은 배웅을 한다

머무르고 싶어도 모든 것이 스쳐가는

단풍이 우거진 그늘 우리는 눈이 붉다

분홍 스웨터

어젯밤 꿈속에는, 그 다리를 쉽게 건너
동생 업은 울 엄마를 새벽까지 기다렸다
살림이 넉넉지 못한 외갓집도 보였다

살얼음 낀 강물이 점점 더 얼어갈 때
분홍 스웨터 입은 엄마가 따스했다
좁다란 나무다리는 너무 길고 무서웠다

동생 업은 울 엄마 내 손 몇 번 잡아 끌다
손을 툭 놓아버리고 다리 중간 멀어질 때
기어서 엉금엉금 건넌 그해 겨울 나무다리

J 씨의 구두

그 자리 못 벗어나 등이 휘는 갈대들

하류의 강어귀엔 보랏빛 생각들이

조약돌 잔물결 치며 쉼 없이 흘러갔다

밟히고 쭈그러진 이력이 투명하다

그 낡은 가벼움을 다 저녁 끌고 가는

붕어빵 한 봉지 실은 오늘은 만선이다

목단이불

모과꽃이 거의 지고 빈집은 더 늘었다

부침개를 부쳐놓고 해종일 기다리는

아직도 달지에 사는 고모가 반가웠다

모과나무 백년, 새들이 똥을 누고

그 그늘 깔고 앉아 취나물을 삶는 고모

고모의 목단이불이 그날 밤 따스했다

아, 동하

핏기 없는 동하가 마루에 앉아있었다

그네가 흔들리고 마루는 텅 비었다

누군가 흙을 파내고 한낮은 서늘했다

동하가 있던 자리 마른 흙내가 났다

너 댓살 된 나는 누군가의 등에 업혀

그 등이 들썩거리는 소릴 듣고 있었다

늙은 말에게

짐을 벗은 늙은 말이 간신히 서 있었다

아버지는 사람들과 말을 끌고 나가셨다

다리가 부어오른 말이 묻힐 곳을 따라갔다

경주마였던 저 말을 이제 병든 저 말을

TV 속 사람들은 도살장에서 때렸다

말고기 식당 간판이 화면 가득 채워졌다

낙타처럼

수도원이 있다는 그 바다는 멀었다

뼈와 살을 덜어내며 구름은 가고 있다

저 사막 모래더미 길 낙타는 가고 있다

노을 지는 쪽으로 등을 두고 앉았다

가시 섞인 건초를 우물우물 씹었다

뒷등이 따끔거리며 물집이 부풀었다

무림댁

무림에서 시집을 와 무림댁으로 불린다는
다섯 째 고모한테 취나물 내 물씬 났다
그날 밤 불을 끄고도 한참을 애기했다

야야! 무림을 얼마 전쯤 갔다 왔데이
그네를 매달았던 그 나무만 있더라
그날 밤 눈을 꼭 감고 그네를 자꾸 탔다

시집 갈 고모가 미장원에서 단장 할 때
뭉텅뭉텅 떨어지는 긴 머리칼을 주우며
고모 꺼 고모 꺼라고 슬퍼 울던 생각이 났다

05

우리가 본 복사꽃이

낙동강 근처에서 그녀가 그리웠다
크고 긴 과수원과 모래밭은 어디 있나
우리가 영천 지날 때 본 복사꽃도 궁금하다

내년엔 식당 일을 그만 둘 것 같다며
하루도 쉬기 힘들다는 그녀의 젖은 문자
때늦은 밥 한 술 뜨며 섭섭해서 보냈으리

있잖아 내년에는 내 참말 쉬지 싫다
낙동강 근처에서 우리 꼭 만나기로 해
그땐 더 흐드러질 거야 우리가 본 복사꽃이

검은 귀

돌부처 바라보며 몸이 삭아 내렸을까

절집 근처
고사목이
귀만 하나 남겼다

다 썩어
문드러진 귀
저 검은
부처의 귀

피졸 장례식*

검은 상복을 입고 아이들 손을 잡고

피졸 빙하 장례식에 사람들이 모였다

신에게 기도를 하며 작별 의식을 고하며

'온난화로 생을 다한 빙하를 추모합니다'

피졸 빙하가 있던 말라버린 땅 지점에

추모의 꽃이 놓였다 알펜호른이 울었다

---

* 2019년 9월 스위스 동북부 알프스 산맥 이천칠백미터에서, 온난화로 사라져
  가는 피졸 빙하 장례식이 있었다. 알펜호른은 알프스 지방의 전통악기이다

밤 9시

아무도 없는 놀이터 혼자 놀던 아이가

어둠을 덮어쓴 채 나에게 말을 건다

불 꺼진 빈 집에 혼자 들어가기 무섭다고

엘리베이터 안에서 내 손을 잡는 아이

잠시 데려갈까 하다 CCTV 저 섬뜩함에

손 놓고 슬쩍 내렸다 문이 쿵 닫혔다

간이역

기차가 오고 갈 때 와자하던 국밥집

벌어진 문틈으로 고요마저 식었다

그녀를 닮은 꽃들의 꽃그늘이 남았다

거친 생을 끓여대던 국밥집이 문을 닫고

관절이 삐걱대는 기차가 떠나가는

간이역 뒤편의 뒤편 허기가 진 저 낮달

리암*

아기가 또 보여요 피 흘리며 걸어와요

그러다가 아기는 어디론가 떠나요, 아기가 꿈에 보여요 손이 닿지 않아요, 꿈에 자꾸 아기가 피 흘리며 걸어와요, 캄캄한 밤 그 먼 길 생살 찢겨 걸어와요, 우는 아기를 업고 불구덩이를 탈출해요, 아기가 걸어와요 빗방울이 떨어져요, 목을 축인 아기를 감싸 안고 업고 가요, 잿빛 길만 보여요 비가 오지 않아요, 낭떠러지 매달린 저 아이가 있어요, 등에 업히지 못 한 저 아이가 있어요

아기를 업고 걸어요 북극성이 떠 있어요

---

* 시리아 정부군의 폭격으로 무너진 건물의 잔해 속에서 5세 아이가 7개월 동생의 옷자락을 꼭 붙잡고 있는 모습을 시리아 뉴스 매체 SY24가 공개했다. 5세 리암은 동생의 옷을 놓치고 자신도 바닥으로 떨어진 뒤 병원으로 옮겨졌으나 사망했다. 유엔은 2019년 7월 26일 시리아 반군 지역에서 지난 열흘간 공습으로 어린이 26명을 포함해 민간인 100명 이상이 목숨을 잃었다고 밝혔다. (2019년 7월 29일 중앙일보 1면에서 발췌.)

참기름 두 병

맛이 빠져 밍밍할 때 한 두 방울 떨구지

참기름을 사야지 저 옛 맛을 사야지, 시골 장터 기웃기웃
흘리듯 한 그 말을, 혼자 흘린 그 말을 흘려듣지 않았나, 서
너 발짝 떨어져 여남은 발짝 떨어져, 슬며시 스리슬쩍 기름
집에 들어갔나, 장터에서 날 붙잡은 고소한 그 냄새가, 남몰
래 차 뒷좌석에 진득하니 실렸네, 소주병에 담긴 참기름 두
병 그가 슬쩍 놓고 갔네

고맙소, 참기름 두 병 그 마음이 고맙소

자필 이력서

쓰다가 지웠다가 손 떨리며 써 넣은

육군 만기 제대했음 운전면허 1종 보통, 00주식회사 입사
퇴사 00주차원 입사 퇴사, 청담동 00빌딩 경비원 입사 퇴
사, 매주 산행을 해서 건강은 자신할 수 있음, (10층까지 걸
어 다님) 위 사실 틀림없음, 늙은 가장이 내민 자필 이력서
한 장

제발 날, 일 할 수 있게 해줬으면 좋겠심더

2020년 봄 그리고 청춘

청춘이 저당 잡힌 빌린 방 컴컴한 방

창문 절반 비스듬히 햇볕이 잠깐 들어

책상 위 작은 화분은 이파리 몇 키우고

눅눅함이 익숙하고 벌레가 짓밟히고

바닥인 줄 알았는데 더 밑바닥 소리들

그렇게 청춘이 간다 바닥을 들여다보며

하내리 오동꽃

골짜기 하내리에 오동꽃이 피었다

초록을 물고 뱉는 어린 새가 들고 날아

요양원 작은 창 열고 오래도록 눈을 둔 이

골짜기 하내리에 오동꽃이 지고 있다

한 사람이 오지 않아 비가 자꾸 온다 했다

등골이 깊은 골짜기 비 그치지 않나보다

새가 울고 있었다

밤이 이슥하도록 새가 울고 있었다

어린 날을 퍼 담은 한 끼 밥을 먹으며

우리는 어머니 닮은 달이 뜬 걸 보았다

그리움이 너무 많아 메꽃 덮인 마당에

쪼그려 앉은 누이가 아버지를 닮아갔다

저 먼 곳 새가 울었다 잠 못 든 밤이었다

나무꽃병

오래된 유물 같은 속이 텅 빈 나무꽃병

강아지풀 억새풀 풀밭 한 채 꽂아 놓자

새들이 흰 똥을 누고 꽃병으로 들어갔다

고전의 어느 가을 나무꽃병 그 둘레

오동꽃 피고 졌을 먼 길 끝에 가닿아

보랏빛 생을 꽂는다 그윽하게 필 것 같아

변방에서 더욱 빛나는 북극성의 시

이숭원(李崇源, 문학평론가·서울여대 명예교수)

1930년대 시인이자 평론가인 김기림은 자신이 재직하고 있는 『조선일보』에 「오전의 시론」이라는 시론을 장기간 연재하였다. 오랜 기간 연재하면서도 '오전의 시론'이 무엇을 의미하는지 밝히지 않았다. 그 의미의 단서는 그의 시집 『태양의 풍속』의 서문에서 찾을 수 있다. 이 글에서 김기림은 비애와 탄식을 곰팡이의 냄새가 나는 "오후의 예의"라고 비하한다. "그 비만하고 노둔한 오후의 예의" 대신에 "놀라운 오전의 생리"에 경탄한 일은 없느냐고 묻는다. 이어서 그는 신선하고 활발하고 대담하고 명랑하고 건강한 "태양의 풍속"을 배우자고 권유한다. 여기서 그가 말한 '오전의 시론'이 무엇을 지향하는지 분명해진다. 과거의 19세기적인 나른한 감상성에서 벗어나 현대적인 신선하고 활발한 주지적인 시를 쓰자는 뜻이다. 요컨대 그는 밝고 건강한 아침의 시를 쓰자는 뜻에서 '오전의 시론'이라는 제목을 설정한 것이다.

그런데 시라는 물품을 두고 가만히 생각해 보면 동서고금을 막론하고 김기림이 표방한 신선, 활발, 대담, 명랑, 건강한 오전의 시보다는 저녁의 그늘과 삶의 뒤란, 밤의 어둠과 세상의 슬픔을 노래한 시가 훨씬 많음을 볼 수 있다. 희로애락의 감정 중 시는 슬픔과 노여움 쪽에 훨씬 많이 기울어 있음을 보게 된다. 역시 시는 저녁의 문학이요 밤의 노래다. 헤겔은 미네르바의 부엉이가 황혼이 깃들 무렵에야 날기 시작한다고 했다. 현실의 과정이 마무리된 다음에 철학적 사유가 시작된다는 뜻이다. 시의 뮤즈 역시 황혼이 깃들어야 날기 시작한다고 할 수 있다. 현실의 시간이 종료된 후 사색과 명상의 그늘이 질 때 비로소 시적 감성이 발동하는 것이다. 이러한 사실을 부정한 김기림은 수백 편의 시를 썼지만 시다운 시는 몇 편 남기지 못했다.

이태순 시인은 시조집의 서문에서 "마음의 북쪽, 그 그늘의 소리들이 내게 와 시가 되었다. 내 시가 되어 준 그들에게 바친다."라고 했다. 여기서 북쪽과 그늘의 소리가 시가 되었다고 말한 것은 시의 본질을 제대로 체득한 담론이라 할 수 있다. 그의 시조는 시 창작의 가장 기본적인 안전지대를 확보한 것이다. 더군다나 자신의 시를 다시 북쪽과 그늘에 바친다고 했으니 시의 교감과 호응이 어떻게 이루어지는지도 명쾌히 파악한 것이다. 시라고 하는 것은 소외된 변방의 그늘에서 싹트는 것이다. 그런데 시가 완성되었다고 해서 변방의 그늘에서 벗어나 밝고 장쾌한 세상으로 가는 것이 아니다. 쓸쓸하고 호젓한 변방의 그늘로 다시 돌아가는 것이 시다. 천고의 역사를 돌이켜보아도 시를 써서 돈과 명예를 얻은 사람은 없다. 상실에 기대는 것이 시요, 그늘에서 우러나 그늘로 돌아가는 것이 시다. 이태순은 그러한 시의 그늘지고 여릿한 속성을 잘 알아 시의 정서에 순응한 시인이다. 그러니 다음과 같은 시가 시집의 첫머리에 놓였을 것이다.

서글픔과 그리움이 나뒹구는 마당에

언제부턴가 메꽃이 피기 시작했다

우리는 말 못 한 것을 생각하고 있었다

윤사월 모든 것이 삭아가고 있었다

반백이 된 우리는 거울 앞에 서 있었다

우리는 먼 별을 보며 저녁을 얘기했다

－「메꽃」 전문

메꽃은 꽃 모양이 작고 연약하다. 정지용의 시 「고향」에

"오늘도 메 끝에 홀로 오르니/흰 점 꽃이 인정스레 웃고"라는 구절이 있는데 '흰 점 꽃'이라는 구절을 읽을 때마다 메꽃이 머리에 떠오른다. 메꽃이 흰 빛은 아니지만 감정이 착색되면 연한 분홍색을 희다고 인식할 수 있고, 시인의 외로운 심정을 나타내는 데 메꽃의 작은 꽃모양이 어울리기 때문이다. 메꽃의 여릿한 연분홍 빛깔은 그 자체로 서글픔과 그리움을 환기한다. 이 시조집 전반을 관통하는 정서가 서글픔과 그리움인데 메꽃은 그 정서를 대변하는 상징적 표상에 해당한다.

메꽃은 보통 6월쯤 피는데 이 시에서는 '윤사월'로 계절이 설정되어 있다. 윤사월은 양력으로 따지면 6월에 해당한다. 그런데 유월이라고 해도 될 것을 왜 윤사월이라고 했을까? 윤달은 음력 날짜와 계절이 어긋나는 것을 조절하기 위해 끼어 넣은 달이다. 윤달은 덤으로 붙은 달이기 때문에 공달, 덤달, 여벌달, 남은달이라고도 불린다. 원래 없던 달이 여분으로 붙었다는 뜻에서 성립된 말이다. 그런 의미에서 윤사월은 잉여의 의미를 담고 있다. 그것은 서글픔과 그리움의 정조와 연결된다. 그런 윤사월의 의미가 이 시의 정서와 문맥에 어울리기 때문에 유월 대신에 선택된 것이다.

덤으로 붙은 잉여의 계절, 윤사월도 지나가고 있다. "모든 것이 삭아가고 있었다"고 했으니 세월이 흐르고 삶의 파란도 저물어 저편으로 사라지고 있는 것이다. 그러면 서글픔과 그리움도 사라질 만한데 그것은 겉으로 드러나지 않을 뿐 가슴에 앙금으로 남아 말 못할 사연으로 응축된다. 반백의 나이에도 마음의 앙금은 메꽃처럼 남아 가늘게 흔들린다. 이런저런 사연을 간직한 사람들이 거울 앞에 서서 자신을 돌이켜본다. 자신의 실체를 제대로 보고 싶지만 청동의 녹이 낀 듯 본모습이 보이지 않는다. 메꽃만 가늘게 흔들릴 뿐이다. 아무리 위로해도 생은 그렇게 허전하고 슬픈 것이다. 어느덧 날이 저물어 멀리 별이 보이기 시작한다. 먼 별빛을 보며 사람들은 다가올 늙음과 노쇠의 시간을 예비한다. 연약한 메꽃에서 작은 생명의 아름다움과 힘을 찾아 앞으로 나아가야 하는 것이 인생이다. 길이 없을 것 같은 '북쪽'에서도 "다슬기 새까만 눈"에서 "마애불"을 찾아내고, 멀리 비치는 "북극성"을 찾아가는 것(「북극성」)이 인생이기 때문이다.

흰 구름 떠다니는 소리가 다 들리는

땔감이 쌓여있는 인적 드문 마을에서

사나흘 더 머문다면 하루 더 머문다면

다시 오기 힘든 이곳 이별을 생각하며

피다가 말라버린 꽃들이 툭 지는 걸

가만히 들을 일이다 저무는 그 소리를

손때 묻은 연장들이 바람에 삭아가는

굴참나무 헛간에 달빛이 가득하다

헛기침 소리 들리는 저 빈 껍질 생의 헛간

여기 또 하나의 쓸쓸한 풍경이 있다. 너무나 고요하여 "흰 구름 떠다니는 소리가 다 들리는" 그런 인적 드문 조용한 마을이다. 그런 곳에서 며칠을 머물며 마음의 먼지를 털어내고 마른 꽃처럼 무심한 상태에 이를 수 있다면 좋을 것이다. 피다가 말라버린 꽃들이 지는 소리를 들으며 이 무심의 공간과도 결국은 이별할 생각을 하니 마음이 허전하다. 마음은 허전하지만 주변의 경관은 오히려 충만해 보인다. 땔감도 가득 쌓여 있고 굴참나무 헛간에는 달빛이 가득하다. 그러나 극도로 정적인 그 공간은 결코 풍요로워 보이지 않는다. 이별이 내장되어 있기 때문이다. 너도 가고 나도 가야 하는 이별의 절차를 화자는 준비하고 있다.

자신이 대상과 하나가 되지 못하기에 연장들은 바람에 삭아가고 빈 헛간 어디선가 헛기침 소리가 들리는 듯하다. 대상과 동화되지 못하기에 이별은 필연적이다. 스스로 생의 헛간에 사는 것 같아서 고요한 마을을 찾아왔으나 인적 끊긴 그곳에서도 마음의 안식을 얻지 못한다. 인간은 결국 안식하지 못하고 허깨비처럼 평생을 떠도는 것이며, 어디 마음 붙이고 산다 해도 시간이 지날수록 자신의 존재가 빈 껍질처럼 느껴지는 그런 존재다. 시는 그러한 공허감에서 나오는 것이고 결핍의 헛간에 기대어 한 줄 시구가 떠오르는 것이다.

  '껍질'과 '헛간'으로 축약되는 공허한 생의 의식은 추억의 공간을 여행한다. 앞의 시에서 먼 별빛을 보고 북극성을 찾는다고 했지만, 마음의 공허를 느끼는 사람은 과거의 추억에서 위안을 얻는다. 추억이 다시 슬픔과 그리움을 불러온다고 해도 그 슬픔의 감정이 현재의 공허한 마음에 위안을 줄 때가 많다. 인간은 슬픔으로 슬픔을 달래는 독특한 존재다. 그러면 슬픔의 세상에서 우리는 어떻게 살아야 하는가. 다음은 북방의 그늘과 같은 삶의 여로에서 어떻게 살아갈 것인가를 조심스럽게 모색해 본 작품이다.

  북쪽에서 더 북쪽
  강물이 풀리고

섭섭했던 사람이
부옇게 오고 있다

그곳은 늘 캄캄한 밤
꽃 전등을 켜야 하는

꿈인지 생시인지
찔레꽃이 만발했다

가시에 찔려가며
밥 한 술을 나누고

상처에 밥풀을 얹고
부옇게 가는 사람

－「찔레꽃」 전문

"북쪽에서 더 북쪽"이라고 했으니 상황은 더 좋지 않다. 그렇게 어둡고 차가운 상황에도 봄이 오니 강물이 풀리고 누군가가 오고 있다. 소외된 연약한 존재이니 뚜렷한 형상이 비치지 않아서 "부옇게 오고 있다"고 했다. 슬픔의 기색이 어리고 시련에 지친 모습을 그렇게 표현했을 것이다. 그런데 그 사람이 오고가는 길목에 찔레꽃이 만발했다. 찔레꽃은 꽃 모양은 좋지만 꽃잎 뒤의 가지에 가시가 있어 찔리기 쉽다. 찔레꽃의 가시와 그로 인한 상처는 삶의 과정에서 입는 고통과 그 결과를 상징한다.

그런데 이 시의 화자는 그 사람에 대해 찔레꽃의 가시에 찔리면서도 밥 한 술을 함께 나누고 찔린 상처에는 밥풀을 얹어 아픔을 달래면서 간다고 했다. 멀리서 슬픔의 기색을 지니고 왔던 사람이 한 술 밥이라도 공유하고 상처를 달래는 소통의 존재로 전환을 보이는 것이다. 이것은 시인의 속마음이 작용한 표상의 전환이다. 시인은 자신의 정신 속에서 그러한 화합과 치유의 작용이 이루어지기를 희망한 것이다. 삶은 찔레처럼 상처를 주지만 상처를 치유하는 밥풀도 동시에 제공한다는 생각을 표현한 것이다. 이러한 소통과 공감의 정신이 껍질과 헛간으로 표상되는 삶의 공허감을 넘어서게 하는 동력으로 작용한다.

이태순 시인은 소외된 존재에 관심이 많다. 병들어 죽음이 멀지 않은 사람에게 연민의 아픔을 느끼고, 고향에서 가난하게 살다 가신 어머니와 아버지의 추억에 애잔함을 느낀다. 어느 산골 절집에 기거하며 탁발로 간신히 생활을 이어가는 말 못하는 누이에게 회한의 슬픔을 느낀다. 이웃들은 거의 떠난 마을에서 빈집을 지키며 외롭게 사는 고모, 어렵게 살면서도 손이 커서 국밥을 푸짐하게 말아주는 언니 등 추억의 공간에 사는 정겨운 피붙이들을 그리워하며 잊지 못한다.

그뿐 아니라 그와는 직접적인 관련이 없는 제3의 타인들에 대해서도 슬픔과 연민을 느낀다. 미국에 입양되었다가 시민권을 얻지 못하고 마흔여섯 나이에 한국으로 추방되어 이태원 횡단보도 위에 외롭게 서 있는 사람에게 연민을 느낀다. 프랑스 여행 중 파리의 리케역에서 마주친 한겨울의 난민가족을 보고 잠을 이루지 못하고 괴로워한다. 정신이 온전치 못한 서른두 살의 아들을 병원에 맡겨두고 차마 떠나지 못하여 울먹이며 주저앉는 여인을 보고 무엇을 해 주지 못했다는 자책감에 눈물을 흘린다. 시리아 정부군의 폭격으로 무너지는 건물 속에서 7개월 된 어린 동생의 옷을 부여잡고 버티는 5세 아이의 참혹한 모습이 시인의 가슴을 예리하게 찢는다. 이러한 제3의 사회적 타자에 대한 연민은 다음 시에 집약되어 있다.

변두리 외곽에도 문을 연 인력시장
실핏줄 툭 터지며 잠 설친 눈빛들이
서로를 토닥거리며 일거리를 찾는다

사는 것이 죄라며 밑바닥을 배회하다
약봉지를 넣어둔 달방을 들고 나며
음지를 견디어내는 뒤편의 저 뒤편들

중환자실 지키는 보호자 대기실엔
순간의 희망 한 줌 호명을 기다리고

흰 옷의 붉은 눈빛이 절망을 오려낸다

-「우뭇가사리의 시」전문

　우뭇가사리는 다이어트에 좋은 웰빙 식품으로 요즘 애호
되고 있지만, 사실은 맛도 없고 모양도 안 좋아서 오랫동안
버려지다시피 했다. 이 시에서도 삶의 본류에서 소외된 변
방의 가난한 사람들을 '우뭇가사리'로 설정한 것이다. 변두
리 인력시장에 잠을 설친 눈빛으로 일거리를 찾는 사람들
은 대개 외국인 노동자들이다. 불법 체류일 가능성이 높은
그들은 불리한 조건 때문에 저렴한 임금이라도 일거리를 얻
으려 한다. 생의 바닥을 친 노동자들이 값싼 월세 방에 기
숙하며 죽지 못해 저임금의 노동으로 연명하고 있다. 그런
사람일수록 병이 많아서 그들의 월세 방에는 약봉지만 수
두룩하다. 고통의 극한 속에 음지의 음지, 뒤편의 뒤편에서
마지막 삶을 견딜 뿐이다. 식구들 중 누군가가 중환자실에
입원해 있어서 보호자 대기실을 지키는 가엾은 사람들도 있
다. 그들도 잠을 설쳐 눈에는 핏발이 서고 지친 안색을 하고
있다. 중환자실에서 들려올지도 모르는 희망의 한 줌 호명
을 기대하며 음지의 뒤편을 지키는 사람들이다.
　시인은 이러한 사람들에 연민과 동정의 눈빛을 보내며 슬
픔을 느낀다. 그들을 도와줄 방법은 없지만 연민의 슬픔을
느끼는 것으로 그들의 삶에 다가가려 한다. 음지의 뒤편에
공감의 눈길을 보내는 것만으로도 우리의 삶이 북극성처럼

빛날 수 있기 때문이다. 비록 그들과 하나가 되지는 못하지만, 연민과 사랑을 소망하고 시적 표현으로 실천할 때 소외된 존재가 머물 수 있는 터전이 좀 더 확대될 수 있다고 믿는 것이다.

과거의 추억 중 가장 애잔한 것은 어머니와 아버지의 추억이다. 고향을 떠올리면 어머니가 떠오르고 어머니를 생각하면 고향이 떠오른다. 고향의 모습은 늘 희미한 저녁의 영상이요 텅 빈 그늘의 형상이다. 꿈속에서도 고향의 집은 봉당까지 풀이 차 오른 황량한 모습으로 나타난다. 오랫동안 사람이 살지 않아서 부엌은 캄캄하다. 그런데 그 황량하고 어두운 부엌에 어머니가 먼저 오시어 아궁이에 군불을 지피고 계시는 것이다. 어머니는 그렇게 추억의 중심에 자리 잡고 있다. 식구들을 위해 누구보다 먼저 일어나 군불을 지펴 하루의 끼니를 장만해 주신 삶의 원천이자 추억의 근원인 어머니. 어머니만 떠올리면 가슴이 아리고 눈물이 흐른다.

여기에 비하면 아버지는 이차적 존재다. 어머니의 절대적 광채에 가려 희미하게 빛을 내는 존재다. 어머니가 의식주를 관장하여 생활의 전면을 이끄는 존재라면 아버지는 경제력으로 생존의 벼리를 쥔 존재라고 할 수 있다. 어머니의 막강한 광채에 가려 아버지의 빛이 희미하지만 생존과 관련된 것이기에 그 빛은 세대를 넘어서는 지속력이 있다.

쌀은 있나.

쌀 받은 지 얼마 되지 않았는데

전화 통화 할 때마다 아버지는 물으셨다

흘리듯 쌀이 있다고
무심하게 대답했다

쌀은 있나.
까맣게 잊어버린 그 말을

전화 통화 할 때마다 아이에게 물었다

가슴속 한 바가지 퍼
물었다
쌀은 있나

–「쌀은 있나」 전문

어머니는 자상해서 이것저것 시시콜콜한 것을 말씀하셨
지만 아버지는 전화 통화할 때 일언이폐지하고 다만 한 마
디 "쌀은 있나"라고 물으셨다. 이것이 아버지가 남겨 주신 거
룩한 실존의 질문임을 아버지가 세상을 떠난 다음에 비로
소 깨닫는다. 아버지는 가족들의 땔감과 양식을 얻기 위해
평생을 애쓰셨고 쌀을 얻는 것이 자신의 존재의 기반임을

터득한 분이다. "쌀은 있나"라는 질문은 늘 듣는 상투적인 말이기에 딸은 무심히 흘리듯 듣고 건성으로 대답했다. 아버지 돌아가신 다음에는 그 말을 들을 수 없게 되었다. 아이가 커서 스스로 살림할 수 있게 되자 까맣게 잊고 지냈던 아득한 기억 속의 그 말이 되살아났다.

아버지로부터 딸에게로, 이제는 어머니가 된 그 여인으로부터 다시 자식에게로 이어지고 또 이어질 그 말. 생존의 근원으로 이어져 삶의 강물로 영원히 흐르게 될 마음의 물길이 그 한 마디 말에 담겨 있다. 이 말을 추억의 매개로 삼아 가슴 밑바닥에서 우러나는 아버지의 사랑을 표현한 이태순 시인은 정말로 진실하고 아름다운 시인이다. 우리는 저 먼 조상으로부터 대대손손까지 모두 쌀을 먹고 사는 사람들이다. 세상이 어떻게 바뀌어도 이 사실은 바뀌지 않는다. 쌀은 우리 생명의 근원이요 한국인이라는 존재의 기반이다. 모두 알고 있지만 사실은 누구도 자각하지 못하는 이 거룩한 섭리를 짧은 시조 형식으로 표현한 이태순 시인에게 마음 깊숙한 곳에서 우러나는 경의를 표한다.

그러면 우리는 무엇 때문에 추억을 붙들고 이런 서글픈 작품을 쓰는 것일까? 북방의 그늘에서 피어나는 이 서글프고 쓸쓸한 한 소절의 시가 무슨 효용을 갖는 것일까? 이러한 생각을 할 만하고 동서고금의 많은 시인들이 그 점에 대해 진지한 사색을 펼친 바 있다. 우리의 이태순 시인도 시인의 직관으로 자신도 모르게 그에 대한 생각을 드러냈다. 3

장 6구의 짧은 시조 형식이기에 압축성과 상징성은 더욱 강하다.

돌부처 바라보며 몸이 삭아 내렸을까

절집 근처
고사목이
귀만 하나 남겼다

다 썩어
문드러진 귀
저 검은
부처의 귀

– 「검은 귀」 전문

절집 근처에 다 삭은 고사목이 하나 있다. 건너편 어딘가에는 고사목처럼 낡은 돌부처가 있다. 닮은꼴의 두 형상을 보고 시인은 상상의 나래를 편다. 고사목이 건너편 돌부처를 바라보고 그처럼 무심한 존재가 되려고 몸이 삭아내려 검은 옹이만 하나 남은 것인가. 그것을 시인은 "부처의 귀"로 상상했다. 돌부처를 닮으려고 너저분한 것을 떨쳐냈으니 무욕의 수행을 보인 것이고, 그 결과 마지막 남은 검은 옹이는 부처의 귀 같은 형상을 지니게 되었다고 본 것이다. 이

부처의 귀는 강력한 상징성을 지닌다. 머리도 몸도 다 떨어지고 귀 하나만 남은 것이라면 그 상징성은 육체의 소멸과 정신의 절정으로 승화된다. 즉 상징의 전압이 매우 높은 것이다.

　세상을 산다는 것은 무엇인가? 우리가 희로애락에 휩싸여 백년을 산다고 하지만 욕망의 껍질을 벗어놓으면 결국은 존재의 알맹이만 남게 된다. 그것은 어머니로 말하면 고향집 부엌에 들어가 군불을 지피는 모습이요 아버지로 말하면 "쌀은 있나"라는 한 마디 물음이다. 그 외의 모든 것은 기억에서 소진되고 삶의 목록에서도 제외된다. 중요한 것은 기억 속에 남은 마지막 소금이요 햇살이요 물빛이요 별빛이다. 그 별빛 같은 존재가 부처의 귀로 남게 된다.

　우리가 시를 쓰는 것도 세상의 모든 사연을 남기기 위한 것이 아니다. 허식과 치장이 사라지고 알맹이만 남아 그것이 다시 오랜 세월을 견디면 부처의 귀 같은 시의 핵만 남게 된다. 부처의 귀 같은 시의 정수가 남아 삶의 서글픔과 아픔과 그윽함과 소슬함을 압축적으로 전달한다. 이것이 시다. 시는 우리의 삶에 그러한 기능과 역할을 담당한다. 밥도 힘도 돈도 안 되는 시가 모든 것이 끝장난 생의 막판에 부처의 검은 귀로 남는다는 사실을 알고 시를 쓰는 사람은 행복하다. 세상의 모든 것을 포용하고 그것을 안에서 흡수하고 용해하여 검은 귀 하나만 남기는, 무한한 기적의 변용을 일으키는 시를 꿈꾸는 사람은 진정한 시인이다. 이태순 시인이 그러한 경지에 접근한 것은 경이로운 일이다. 이 경이로운 사업에 많은 사람이 동참하기를 바랄 뿐이다.

시인 이태순

경북 문경 출생
2005년 농민신문 신춘문예로 등단
2007년 오늘의 시조시인상
        〈검은 기침〉 문예지게재 우수작품 선정
        한국문화예술위원회 창작지원금 받음
2010년 중앙일보 시조대상 신인상 수상
2012년, 2018년 서울문화재단 예술가 지원금 받음
시조집 『경건한 집』(동학사2008), 『따뜻한 혀』(동학사2013),
        현대시조 100인선『북장을 지나며』(고요아침2016)

한 끼의 시

지은이 · 이태순
펴낸이 · 유재영
펴낸곳 · 주식회사 동학사

1판 1쇄 · 2020년 9월 5일
1판 2쇄 · 2021년 1월 20일
출판등록 · 1987년 11월 27일 제10-149

주소 · 04083 서울 마포구 토정로53 (합정동)
전화 · 324-6130, 324-6131 | 팩스 · 324-6135
E-메일 | dhsbook@hanmail.net
홈페이지 | www.donghaksa.co.kr
         www.green-home.co.kr

ⓒ 이태순, 2020

ISBN 978-89-7190-756-6 03810

이 책은 서울문화재단 '2018년 창작집 발간 지원사업'의 지원을 받아 발간되었습니다.
저자와의 협의에 의해 인지를 생략합니다.
잘못된 책은 바꾸어 드립니다.